Beatriz Martín Vidal

thule

Querida tía Agatha:

Espero que estés disfrutando del viaje. Por aquí todo va bien. Estamos cuidando unas de otras, y también de la casa.

El tiempo es cálido y agradable y disfrutamos mucho del exterior,

aunque la primavera parecía haberse retrasado este año.

*Los jardines están preciosos,
pero les faltaba color hasta hace dos semanas.*

Y entonces Alice tuvo un ataque de alergia.

Empezó con un estornudo.

Enseguida nos dimos cuenta de que era fiebre primaveral.

Procuramos darle mucha agua y que guardara reposo.

Ahora ya está perfectamente. Te va a encantar su nuevo peinado.

Así que por fin la primavera se ha desatado

y los jardines están en flor.

Emma se está concentrando con intensidad en los estudios.

Se ha vuelto mucho más madura y responsable,

aunque de vez en cuando carezca de gravedad.

Es fácil que se pierda en la lectura

así que la llevo de paseo a diario.

Oh, casi se me olvida,

tuvimos una plaga en el invernadero hace unos días.

Al principio resultó muy molesto

y todas reaccionamos exageradamente.

No fue la mejor manera de manejarlo.
Tuvimos un comportamiento vergonzoso.

Se armó un escándalo terrible y llegamos demasiado lejos.

En último término, la diplomacia fue clave y llegamos a un acuerdo.

Solo fue cuestión de escucharnos unas a otras. Una gran lección para todas.

Poco después, tuvimos un atasco en el estanque.

Parecía bastante serio.

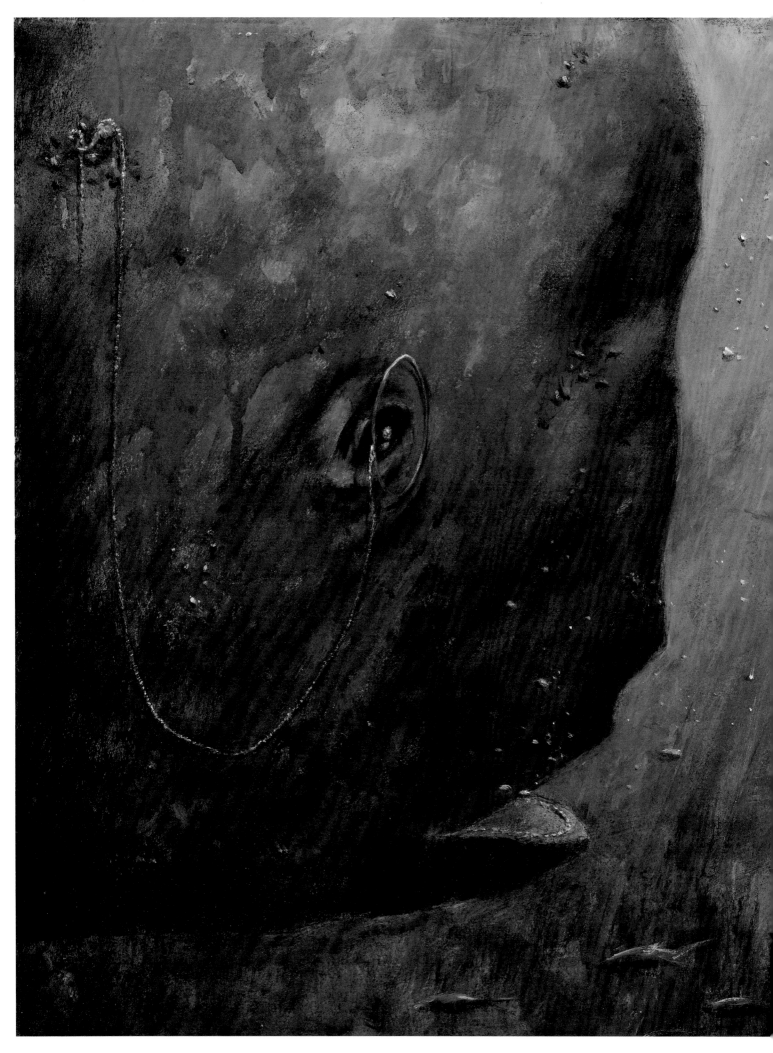

Nos encargamos de ello.

Esta vez con más tacto.

Como suele suceder, al final no fue para tanto.

Mister Herford es adorable, te va a encantar.

Así que, para resumir, todo va perfectamente bien.
Tómate tu tiempo y diviértete en tus viajes.

Estamos deseando que vuelvas para que nos cuentes detalles
sobre tus aventuras y la gente interesante que has conocido.

Te esperamos pacientemente, disfrutando de la calma y la tranquilidad de esta hermosa primavera. Con amor, de tus sobrinas, Louise, Emma y Alice.

P.S.: *Su majestad Anthea V, reina de las arpías y guardiana del invernadero, y míster Herford te envían saludos.*